Casi todas las mañanas Leonardo pintaba unos 25 perros peligrosos como estos.

A Leonardo le gustaban los perros.
Lo sabía todo sobre ellos, conocía todas las razas, sabía si
tenían las orejas puntiagudas o caídas, y si Leonardo decía:
«¡Esto no es un dálmata!», pues es que no lo era.
Por supuesto que Leonardo también sabía que todos
tenían dientes afiladísimos, y eso le suponía un problemón.

Leonardo

WOLF ERLBRUCH

TakaTuka

Para Leonardo

ada mañana Leonardo despertaba a su mamá y a su papá con una sarta de sonoros ladridos. «Nuestro cachorrito se ha despertado», refunfuñaba siempre su papá mientras se restregaba sus pequeños ojos soñolientos.

«Se te enfría la leche», le gritaba la mamá, mientras él, como cada mañana antes de desayunar, se dedicaba a ladrar desde la ventana.

A media mañana, después de haber pintado unos veinticinco perros peligrosos, solía ir a ver a su abuela. Esta vivía en el piso de arriba, tenía ya setenta y nueve años, y siempre se alegraba de su visita. No obstante, había momentos en que incluso a ella le hubiera gustado tener un nieto normal y corriente con el que poder jugar a bádminton. En esos instantes se ponía a gruñir con fiereza y enseñaba sus dientes de porcelana.

Muchas veces, cuando Leonardo iba de compras con su mamá, la metía en unos líos increíbles.

De vuelta a casa, sin embargo, si se encontraban con cualquier perro, por muy pequeño y manso que fuera, se acababan de golpe las travesuras de Leonardo.
Le cogía miedo.

Atrapado por un miedo enorme, se sentía como si en el mundo no hubiera más que perros por todas partes.

Después de otra vivencia horrible, en que por la noche le costaba conciliar el sueño, de repente se le apareció un hada encima de la cama. Aunque hasta entonces siempre había pensado que las hadas eran como mínimo tan grandes como su amiga Lisa, enseguida se dio cuenta de que era una de verdad y de que podía pedirle un deseo.

Y esta no tardó en preguntarle: —¿Puedo ayudarte en algo?

Y Leonardo no se lo pensó dos veces: —¡Quiero ser un perro grande y fuerte!

—¿El color te es igual?

—¡Con manchas, por favor! —respondió él

Como de costumbre, al día siguiente despertó a sus padres a ladrido limpio. «¡Nuestro cachorrito se ha despertado», dijo su papá medio dormido.

M

enudo disgusto más grande que se llevaron.
Todos lloraron un buen rato. Pero entonces se dieron cuenta de
que Leonardo se había transformado en un perro la mar de cariñoso,
y eso les consoló un poco.

Decidieron construirle en el jardín una caseta preciosa. Solo en algunas ocasiones, cuando le explicaban la historia a alguien, se les escapaba todavía alguna lágrima.

Durante el primer paseo con su papá, Leonardo se sentía el perro más feliz del mundo.

Pero entonces sucedió algo totalmente inesperado.

Nuevamente se apoderó de él aquella vieja sensación, y atrapado por un miedo enorme, se sentía como si en el mundo no hubiera más que niños por todas partes.

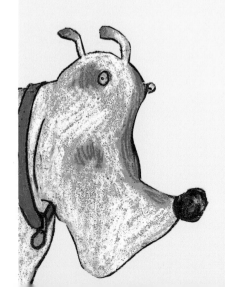

Aquella noche Leonardo no conseguía pegar ojo.
Compungido, le aullaba a la luna.
—No ha servido de nada —oyó que le susurraba de repente
alguien bien conocido pegado a su hocico.
—Puedes formular otro deseo —le dijo el hada con voz cantarina.
Y Leonardo le ladró bajito su deseo al oído.

El hada insistió: —¿Seguro que te lo has pensado bien?
Y Leonardo asintió con la cabeza.

No soltó ni un ladrido al día siguiente. Sin más, se coló en la cama de sus padres.

Y estos no cabían en sí de alegría, y le abrazaron y besaron tanto rato y con tanta fuerza que a Leonardo se le escapó algún que otro gruñidito.

FIN

Título original: Leonard
Traducción del alemán: Patric de San Pedro
Primera edición en castellano: noviembre de 2008
© Peter Hammer Verlag, Wuppertal 1991
© 2008, de la presente edición, Takatuka SL
Virus editorial, Barcelona
www.takatuka.cat

Impreso en papel 100% ecológico en El Tinter, Barcelona
ISBN: 978-84-936766-8-1
Depósito legal: B-47755-2008

Otros títulos en la editorial

Grégoire Reizac y Steg
KIWI

Erio Gherg y Jörg
MAX SE VA

Valérie Karpouchko
JUEGOS DE ÁFRICA: JUEGOS TRADICIONALES PARA HACER Y COMPARTIR

Paul Maar
LOS VIAJES DE OLGA

TakaTuka